腎臓病
朝陽のあたる病室で

大和田道雄
Oowada Michio

風媒社

「腎臓病」朝陽のあたる病室で　もくじ

　「腎臓病」　朝陽のあたる病室で

特発性間質性肺炎で入院

特発性間質性肺炎で緊急入院してから十五年、入院当時は肺の三分の一が壊死し、残りの肺もハチの巣状になっていて「余命二カ月」と宣告された。その当時は、

目覚めたら　やはり夢かと思いたい
この世の別れ　覚悟はあるか

の心境であったが、それにもかかわらず今日まで生き延びてきた。

新しく改築された愛知県瀬戸市の公立陶生病院

確認したわけではないが、同時期に入院した患者のほとんどが既に他界しているようだ。

「これほど回復したのは前例がない」

主治医も驚いていたが、肺疾患の重症患者がこれだけ生き延びた症例は稀で、治療経過を国際的な呼吸器系医学会で発表していたようである。現在もその方針は若い医師に受け継がれているようだ。

数年前、同じ病と闘っている多くの患者への励みになれば……との想いから、自らの闘病記『白夜 余命二カ月・間質性肺炎との共生』（風媒社）を出版し、五百部を公立陶生病院に寄贈した。

間質性肺炎が一般に認定されたのは最近で、二〇〇〇年代に入った頃から注目され始めた肺疾患である。現在では国の特定疾患にも指定され、一万人以上もの患者がいるようだ。

入院した瀬戸の公立陶生病院は、呼吸器系医療スタッフが充実していて、世界的権威の名医が在籍していることもあり、呼吸器内科は全国的にも知られた医療機関である。

古くから、瀬戸市は陶磁器産業が盛んで、全国的に「セトモノ」で知られている。子供の頃は陶器が「セトモノ」と思っていたが、愛知県に来てから瀬戸を中心にして焼かれた陶器が瀬戸物であることを知った。

瀬戸物は陶土を扱う作業のため、昔から大気中に粉塵や土埃が多く含まれていて、土を扱う労働者が肺疾患に罹りやすく、歴史的にも呼吸器系の患者が多かったようである。

それに加え、瀬戸市は三河山間部に隣接する盆地的要素を持っていて、名古屋市を取り巻く庄内川の支流にあたる矢田川に沿って吹く西寄りの風の吹き溜まり（局地不連続線）にあたり、瀬戸市の中心市街地は、粉塵やＳＰＭ（浮遊粒子状物質）が停滞しやすい地域的特徴を持っている。

瀬戸の町並みに避雷針が多くみられるのは、夕方になると大気中に浮遊する粉塵が凝結核となって積乱雲が発達し、局地的な雷雨が発生しやすいからである。

帰り道　慌てて走る不意の雨
晴れていた空　恨めしく思う

腎臓病で再入院

現在は、間質性肺炎による病状が普段の生活ができるほどにまで回復し、パルスオキシメーターによる酸素濃度も九八％前後と安定している。

しかし、間質性肺炎の定期検診で、腎臓病の目安であるクレアチニンの数値が異常に高くなっていることが判明し、入院治療を余儀なくされた。

入院する数カ月前まではクレアチニンが一・五mg／dℓ前後であったが、数日で二・五mg／dℓに上昇した。しかし、仕事の都合で入院を一カ月遅らせたため、三・五mg／dℓに達して透析寸前まで症状が悪化したのである。

厚生労働省によると、腎臓病から透析に至る患者の数は、平成二六年度の資料から二九万六〇〇〇人と推計しているが、慢性腎臓病はほとんど自覚症状がないまま進行し、透析療法や腎臓移植に至るケースが多いようである。

また、日本生活習慣病予防協会、および日本腎臓学会の調べでは、慢性腎臓病（CKD）とその疑いのある患者は成人の八人に一人の割合にも達するという。

以前、呼吸器系の医師からは、アンカの数値が高くなっているとの指摘を受けていた。その頃のクレアチニンは一・五mg／dℓであり、既に慢性腎臓病になっていた可能性も考えられるが、これだけ短期間で急激に悪化するとは予想もしていなかった。

入院当初は血尿もみられたことから、疾患名は「急速進行性系球体腎炎」の「アンカ（ANCA）関連血管炎」であるとの診断を腎臓内科の担当医師から告げられたのである。

アンカ（ANCA）とは「杭好中球細胞質抗体」の略で、身体の老廃物の除去や水分量の調節の日安である腎臓の働きを知る指標となるものである。数値が高いのは悪化している証拠で、腎不全を引き起こすと命に関わる疾患だ。

アンカ関連血管炎は、顕微鏡的多発血管炎と肉芽腫性多発血管炎、および好酸球芽腫性多発血管炎の三種類に分けられるが、その中でも顕微鏡的多発血管炎に該当するらしい。

当初は、この専門的医学用語についての知識はなかったが、顕微鏡的多発血管炎は、好酸球毛細血管や中小型の細動静脈が障害を受けて懐死する難病指定の疾患であることを知り、重症患者であることを再認識したのである。

当時は、腎臓病と持病である間質性肺炎との関連性についての認識がなかったが、最近になってアンカ関連血管炎と間質性肺炎とが合併症を引き起こした研究事例が報告されていて、間質性肺炎とも無関係ではなかったことに驚いた。

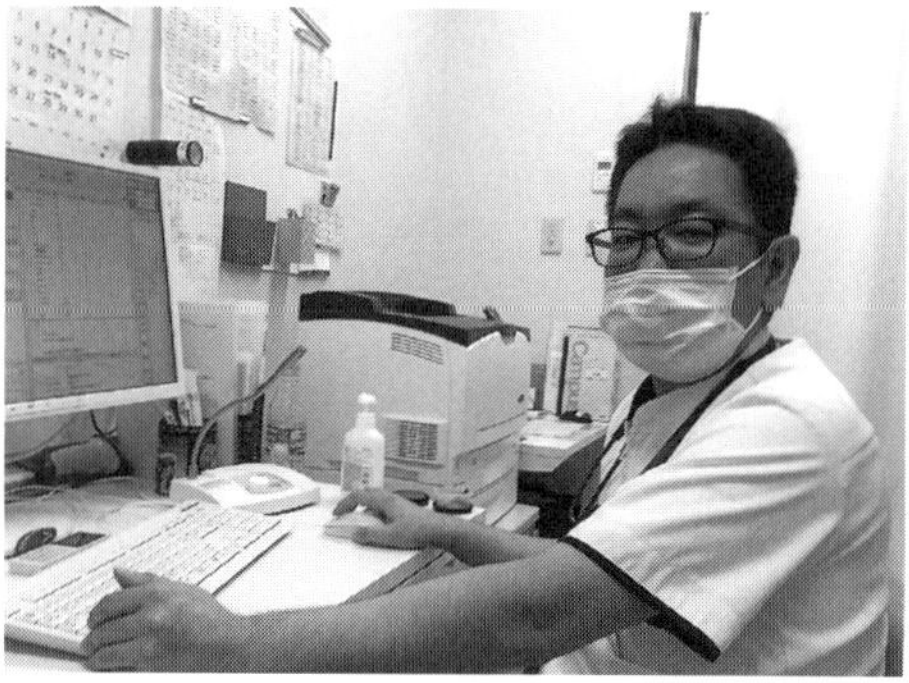

主治医の長屋啓腎臓内科部長。日本内科学会総合内科専門医、日本腎臓学会腎臓専門医である。

腎臓病疾患の目安となるのがクレアチニンである。クレアチニンは、筋肉へのエネルギーであるクレアチンリン酸の代謝産物で、男性の場合は〇・六〜一・二mg／dℓが標準とされている。

正常かどうかの判断は、クレアチニンの数値が一・〇〇mg／dℓを超えていないことが条件であるが、スポーツマンのような筋肉質の男性は、それより高くなることが多いといわれている。

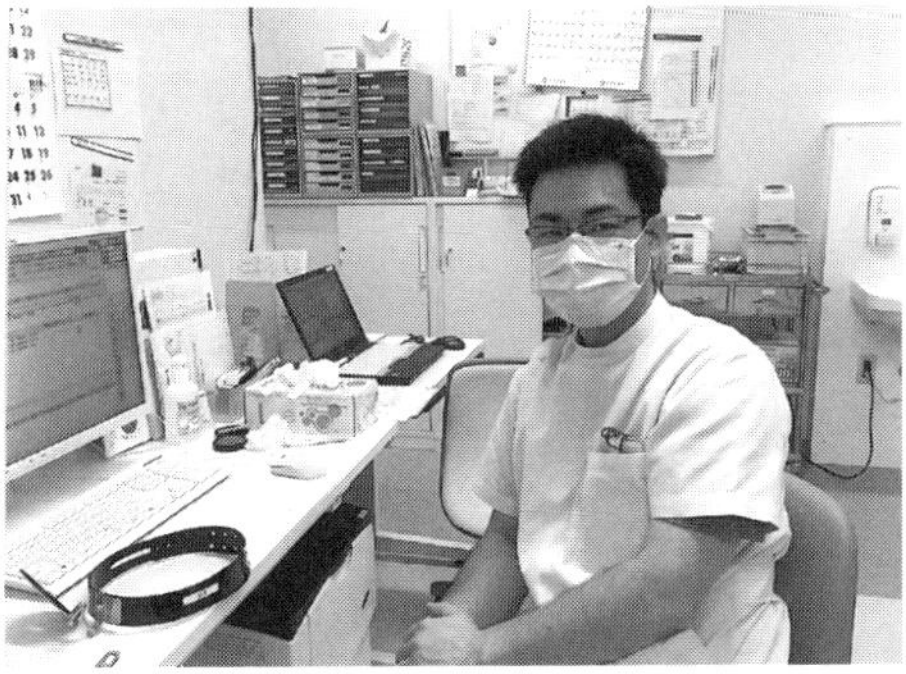

杉浦真耳鼻咽喉科主任部長。がん診察部がん相談支援センター主管兼化学療法センター主管でもある。

腎臓病で入院する数日前は、手足が浮腫《むく》み、攣《つ》るなどの症状、さらに、「めまい」が酷くなって立ち上がれない状態にまで陥った。その間は吐き気で食べ物も喉を通らなかった。

「めまい」の原因は「メニエール病」で、心臓病や腎臓病とも無関係ではないようだ。メニエール病は、内耳内部にある三半規管の内リンパ液が増えすぎ、リンパ液の平衡感覚に異常をきたす内耳疾患で、主にストレスが原因のようである。

確かに入院の一カ月前までは、十年近く続いた市史の最終調査報告の取りまとめのため、耳鳴りや難聴の症状が出ていたにもかかわらず、連日の徹夜と睡眠不足の不規則な生活を送っていた。さらに、エナジードリンク剤にも頼っていたのである。

入院当日は、めまいと体力的衰弱で立って歩くこともおぼつかなかったため、救急車による搬送も考えたが、自宅から瀬戸の陶生病院までは距離があり、結局、息子が会社を休んで病院まで車で送ってくれたのである。

病院内の移動は、車椅子に頼らなければならない状態であったが、以前からの耳鼻科の担当医による診断で三日間の点滴を受け、目が回るのは治まった。その時点で歩けるようになり、食事も取れるようになった。

三途の川を渡っていれば……

入院した日の夜、何故か早くに「癌」で亡くなった幼馴染みの友が夢に出てきた。彼は当時、大学の医学部に在籍していた。

「そろそろお前もこちらに来たら」

高齢者となった自分への誘いかも知れない。

友と二人で故郷の空を飛んでいる夢だ。子供の頃にスキージャンプの練習をしていたからなのか、懐かしい故郷の市街地を空から眺めることができた。

何故か既に亡くなった隣人や友人達との出会いがあり、地上に降り立つと、友は亡くなる直前のやつれた姿で松葉杖をつき、歩くのもやっとだった。

「ここから二人で一緒に行こう」

彼が誘ってくれたのだが、指を差した踏切のその先には小川が流れていて、多くの人が川を渡ろうとしていた。川を渡った人は皆、白装束の姿になっている。不吉な予感がして
「別れるのは辛いけど一緒に行けない」

そう伝えると、彼は
「それじゃ〜」

手を振ってヨタヨタと一人で歩いて行った。

今にして思えば子供の頃、母がよく語ってくれた「三途の川」だったのかも知れない。

「友と渡っていれば……」

新棟は朝陽のあたる病室

入院してから一週間後、入院していた病棟が取り壊しとのことで、新しい病棟に移ることになった。新棟まではベッドに寝たままの状態での移動だったため、病室に着いた時には方向感覚が麻痺して不思議な感じだった。

以前、間質性肺炎で入院した旧棟の病室は、トイレと看護師詰所の目の前で、厳しい臭いに晒されて気分が悪くなり、看護師が二本の消臭スプレー缶を使用してその臭気から解放してくれた。

伊勢湾台風や神戸の震災、東日本の大震災、その後の集中豪雨による各地の土砂災害のニュースをテレビで観ているだけでは感じられないが、災害現場で

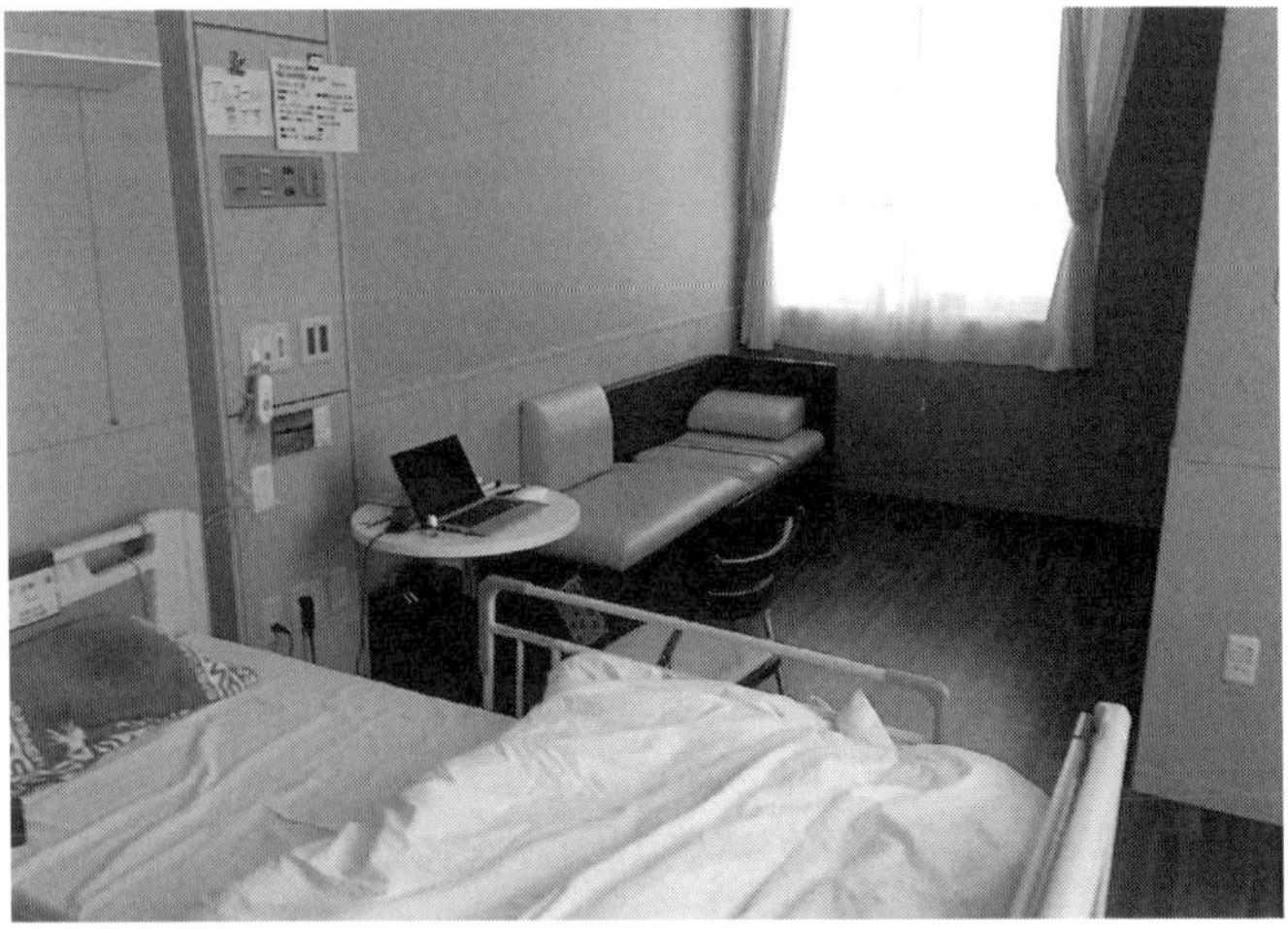

病室の室内。ベッドの他にソファーもあり、広い余裕のあるホテルのような部屋である。

の遺体捜索は異臭との闘いでもあるのだろう。警察官や自衛隊、自治体職員、ボランティアには頭が下がる思いである。

旧棟での入院中は風呂には入れず、毎日一回、夕方に配られる熱い濡れタオルで身体を拭くだけだった。当然、頭は洗えない。そんな経験から、今回は少し無理をしてシャワー付きの個室を選んだのである。

「人生の最後ぐらいは」

その時は何故か生きて退院できる気がしなかったのである。

北側の窓からみえる神社の森。青葉・若葉が心を和ませてくれた。

新棟の五階にある病室からは、隣のリハビリセンター病棟を覗くことができる。呼吸器内科では、理学療法士による歩行速度やエアロバイク、脚力の強さなどの訓練が行われ、必死に励んできたのだが、今回の入院ではリハビリが義務付けられていなかった。

新棟の病室は、自分が初めて使用する患者第一号である。このような機会は滅多にないだろう。室内にはシャワーとトイレもあり、ホテルの部屋に泊まっているような感覚だった。

壁は病室特有の白を基調としたもので

病室は角部屋で東側に窓があり、日の出と共に朝の陽射しが差し込んでくる。

はなく、壁も床も木目調である。病室に隣接するデイルームは、机や椅子が鉄パイプではなく木製で、入院中は病室としての概念を払拭するような雰囲気で心が安らいだ。

新しい五N病棟の病室は、五階で病棟の角にあたるため、東側と北側の二か所に窓があって閉塞感はなく、北側の窓からは神社の森、東側の窓からは瀬戸の山並みを眺めることができた。

新緑の季節でもあり、窓から青葉・若葉が風に揺れる神社の森を眺めていると、散策すればフィトンチッドが心を癒してくれると思えたが、それも病室では叶わない。

雨上がりに五月の風が薫るのは、若葉の殺菌作用で出すテルペン物質が森林内を飛び交うからで、その香りは自律神経失調や肝機能にも効果があると言われている。

森林浴　フィトンチッドに癒されて
木漏れ陽の空　見上げて歩む

朝、カーテンを開けると瀬戸の山並みが見えてきた。間もなく日の出を迎えるのだ。東側の窓から差し込む陽射しは眩しく、再びカーテンを閉めなければ寝てはいられない。

病院食は個人メニュー

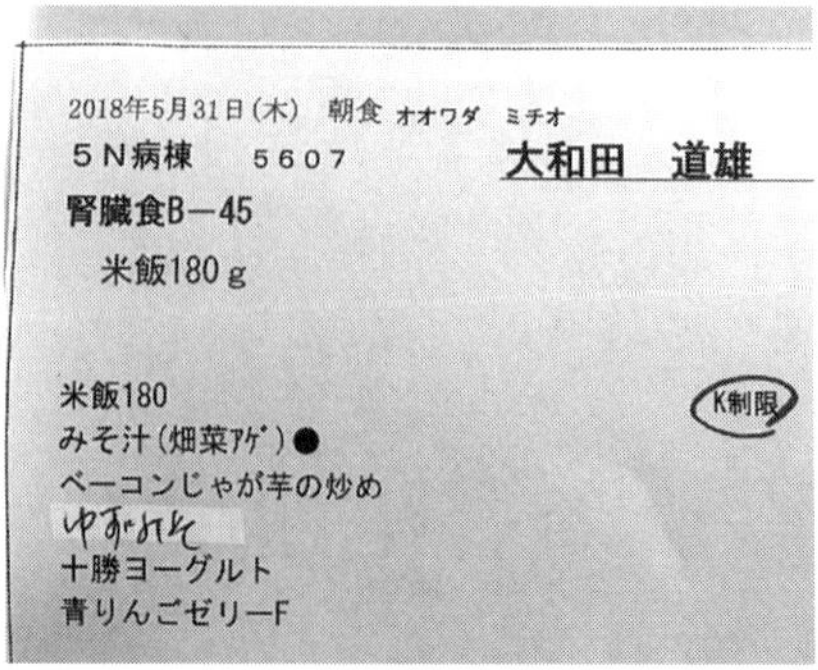

2018年5月31日(木)　朝食　オオワダ　ミチオ
5N病棟　5607　大和田　道雄
腎臓食B－45
米飯180ｇ

米飯180
みそ汁(畑菜アゲ)●
ベーコンじゃが芋の炒め
ゆずみそ
十勝ヨーグルト
青りんごゼリーF
K制限

三度の食事に付いてくる食事のメニュー表。
朝食には「ゆずみそ」が付いてくる。

旧棟から新棟に移ってからは快適な入院生活かと思いきや、それほど甘くはなかった。腎臓病である以上、糖質制限、塩分控えめは当然であるが、その薄味に馴染めなかったのである。

特に、朝食は米飯が一八〇gだが、「おかゆ」にすると一五〇gである。北海道で子供の頃に食べていたお米の味を思い出した。

最近では、北海道の米作も品種改良と地球温暖

北海道の上川盆地。かつては米作限界地として凶作が相次いだが、今ではブランド米を生産している。手前が当麻山、背後には大雪山系が眺望できる。

化による気温の上昇で、「ゆめぴりか」や「ななつぼし」「きらら３９７」で代表されるような米が生産されるようになったが、子供の頃は等級が低く美味しくない米が当たり前だった。

これは、当時オホーツク海高気圧の勢力が強く、北海道から東北にかけて「やませ」の風が吹き、冷害・凶作になることが多かったからである。病院食はその頃の味であった。

皮肉にも北海道が冷害の年はジャガイモが豊作で、夕食にジャガイモを食べることが多かったが、近年は畑作農家が

朝食。病院は粗食に耐えることを義務付けられている。

ジャガイモの収穫量減少に悩んでいる。これも地球温暖化の影響なのであろうか。

新棟への引っ越しの三日後、返却台にはほとんど米飯を食べ残したお盆の山積みだった。やはり病院食に馴染めない患者が多かったようである。

病棟の同じ階は個室が多く、腎臓病の患者だけではない。自宅で倒れてこの病院に救急車で搬送されてきたという高齢者は、

「食事は不味くて辛いけれど、車椅子なので逃げ出せない」

それほど美味しくなかったのだ。

高血圧で入院中の若い男性患者は、新棟に来てからの食事は酷すぎるので、米飯からうどんに替えたようである。

デイルームに置かれた御意見箱

入院患者にとって一日三回の食事は、生きるための楽しみだ。それが損なわれると精神的、肉体的に前向きになれなくなるのである。

これまで、患者による病院食に関しての苦情の報道がなされたことは記憶にない。「治療のため」との名目で我慢することが当然の義務と諦めているからであろう。

それから数週間後、夕食時に一枚のアンケート用紙が配られた。無記名であるが、患者の年齢、病名、食事の時間帯、朝、昼、夜の味やメニューの感想などがチェック方式で記入するようになっていた。

「多くの患者からの苦情が殺到したからなのか？」

デイルームには御意見箱とは別の箱が用意され、緊急性を窺わせるもののようであった。

以前、あまりにも食事の量が少ないため、御意見箱に要望書を書いたことがある。

「食事の量を減らしてのカロリー制限なら栄養士は要らない」

栄養士は、食事の量を減らさないで低カロリーのメニューを考えるのが責務と思えたからである。

このアンケートが反映したかは定かではないが、食事の量が改善された気がした。少なくとも、病院側が院内の食事について検討を始めたのかも知れないと思えたが、定かではない。

この病院の朝食は八時だった。夕食が六時であるから朝食が待ち遠しい。

「もう少し早くならないか」

そう思ったが、朝食前には血糖値検査や血圧、体温、体重などの測定がある。自分で測定できる患者は簡単に済ませることができるのだが、寝たきりの患者は看護師が直接病室で行わなければならない。

このような介護が必要な患者に対しての時間的配慮を考えると、八時の朝食も止むを得ないのかも知れないが、夕食の六時まで空腹が我慢できず、配膳係に文句を言ったことがある。

「ステロイドの副作用で気持ちが高揚し、精神不安定になりやすい」

看護師が慰めてくれた。今にして思うと、なんと情けないことをしたものだ。我ながら恥ずかしい。

これは、後で知ったことだが、配膳台には一人一人の患者の名前が記されている。患者によって食事のメニューが違うのだ。患者の名前を確認しながら配ることで配膳が遅れたのである。

「反省!」

看護師の仕事

入院中はなかなか寝付けなかった。ステロイド治療の副作用として不眠症が挙げられているが、早くに寝付いても真夜中に目が覚めることが多かった。主治医に眠れないことを相談すると、睡眠薬を飲むことを提案されたが、依存症になる危険性が高いようで睡眠薬に頼るのは諦めた。

「眠れない！」

そんな真夜中の一時過ぎ、突然病室の出入り口のカーテンがかすかに揺れる。

「看護師の見回りだ！」

慌ててスマートフォンの電源を切るのだが、看護師からは

「お休み下さい」

見逃されることはない。

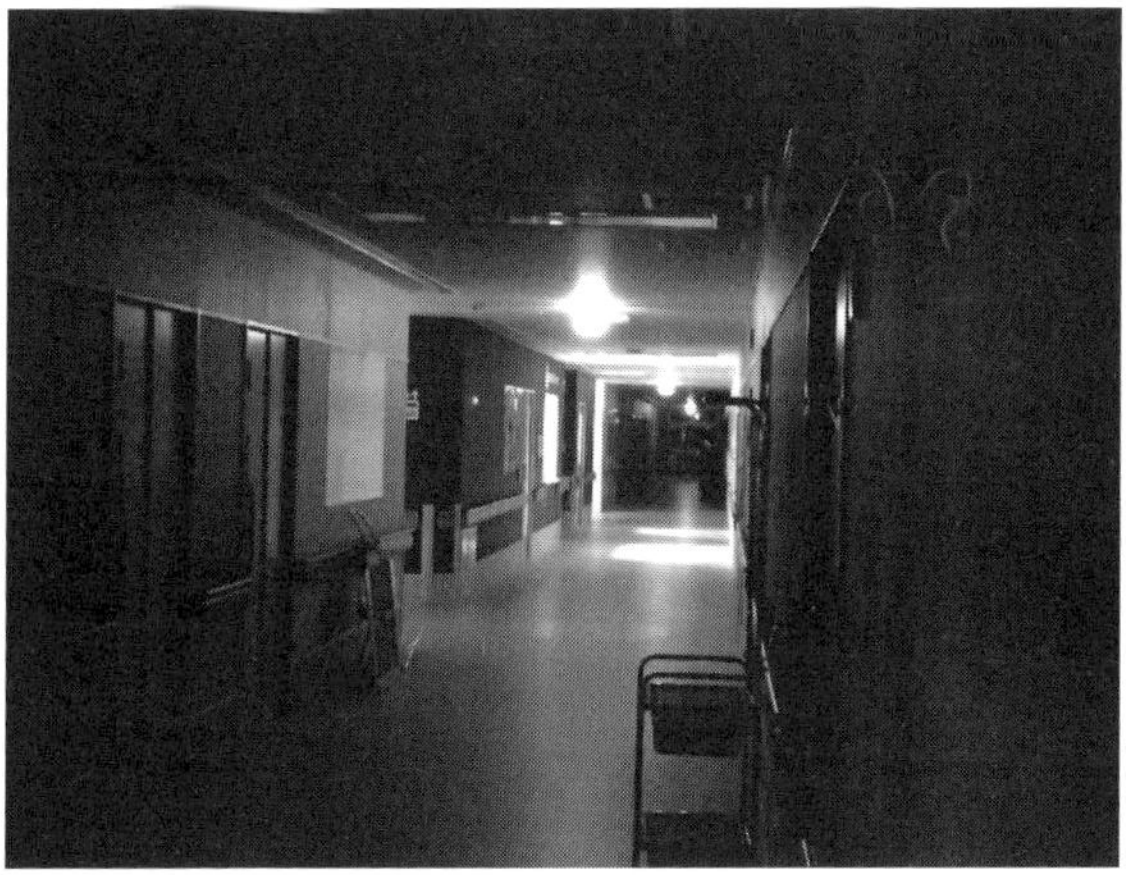
夜の看護師詰所。深夜でも灯りが消えることはなく、２時間に一度の割合で病室の見回りがある。

　夜勤の看護師は、二時間に一度の割合で病室を見回っているようだ。その間に患者の容体が急変し、それを見逃すと責任を追及される。看護師の見回りは、患者の命を守る重要な仕事なのである。

　朝の四時過ぎ、薄暗かった病室のカーテン越しに薄い明かりが射してきた。病棟の廊下はまだ人気がないが、看護師詰所は赤々と灯りがついている。

　夜勤の看護師は一晩中眠ることは許されないのだろう。それにも拘らず看護師を職業として選んだ理由は何なのか。以前、授業を担当した看護大学の学生に尋ねたことがある。

「やりがいのある仕事だから」

それが答えだとしたら、看護師として尊敬に値する有為な人材である。看護師は患者に対し、コンピューターのシミュレーションに当てはまらない「思いやりの心」を補っているのだ。

小学校や幼稚園教諭を含め、保育士や介護福祉士など、幼児や児童、および高齢者を対象とする仕事は、肉体的だけではなく精神的な強さが必要だ。ましてや看護師の対象者は病人である。当然、高齢者が多いのだが、寝たきりの患者では介護施設と変わらない。認知症患者であればなおさらだ。まさに「感謝！」である。

病室の　暗い懐いに陽を当てる
その思いやり　天使の心

薬漬けの毎日

朝の六時半になると携帯ラジオから朝のラジオ体操が流れてくる。

「新しい朝が来た　希望の朝だ！」

その歌声に勇気付けられる。何故かラジオ体操ができない。あれほど子供の頃から慣れ親しんできた体操だ。

「加齢による認知症か」

落ち込みながら思い出そうとするのだが、思い出せない。

四月からの入院だが、五月中には退院しないと六月には非常勤だが大学の講義が待っている。しかし、これは医師が決めることで、勝手は許されない。

ベッドの枕元には主任医師と担当医師、主任看護師と担当看護師二人の名前が書かれている。五人体制で治療に対応してくれているようだ。

以前、特発性間質性肺炎での入院時は、主治医を筆頭に二人の専門医、三人の看護師、二人の理学療法士の八人だった。

今回の腎臓病の入院では、リハビリが義務付けられてはいないため、五人体制のようであるが、それに加えて当日の担当看護師が毎日四人、日替わりで割り当てられていた。

入院中は主治医と担当医に加え、若い研修医も積極的に顔を出してその日の病状経過を教えてくれた。研修医は地元の大学医学部から派遣されたようで、病院案内資料には、ここが指定病院であることが記載されている。

入院してからの毎日は、まさに薬漬けである。以前、呼吸器系の主治医は、

「七十歳を超えた高齢者にステロイドパルス療法は向かない」

そう断言していた。高齢者は合併症を併発しやすいからだという。

腎臓病でもステロイド治療であるが、朝食後はステロイド（プレドニン）に加え、入院時に「めまい」を訴えていたこともあり、内耳障害のためのジフェニドール塩酸塩錠を服用した。

さらに、骨粗鬆症や慢性腎不全にも効果があるアルファカルシドールカプセル、糖尿病対策としてのテネリアである。テネリア（テネリグリプチン臭化水素塩水和物）の副作用に、肝機能障害と間質性肺炎が新たに加わっている。間質性肺炎の患者としては気になる薬剤だ。

朝に飲むステロイドは五mgが四錠で二〇mg、これは昼も同じだ。夜は五mgが二錠で一日五〇mgの服用だ。入院してからこれだけのステロイドが身体に蓄積していくのかと思うと不安を感じた。

昼食と夜食後はプレドニンとジフェニドール塩酸塩錠である。腎臓病での治療では、毎日朝・昼・晩三回の食事後にステロイドを服用するのだが、副作用で顔が腫れ、腕に赤い発疹もできてきた。

夕方になると声が出なくなった。特発性間質性肺炎で緊急入院した時と同じ症状だが、翌朝には正常に戻っている。この声が出なくなる症状は、入院時のみならず退院してからも続いている。

さらに、「ふくらはぎ」や足首に浮腫みが出てくる。特に左脚の浮腫みが酷く、足首は括れがなくなるほどである。足首だけなく、足の裏まで浮腫んできて、歩くと丸い異物を踏むような違和感を覚えた。

寝ていると、真夜中に両手が攣って痛みを伴うこともある。そんな時は、看護師が直ぐに血糖値を測ってくれるのだが、低血糖ではない。しかし、症状はほぼ同じである。

血糖値は七段階に分かれているが、低血糖は六段階の七〇mg／dℓ以下である。看護師の話では、高齢者の場合、高血糖よりも低血糖で亡くなる確率が高いらしい。

腎臓病は、糖尿病とも関連して一日四回の血糖値の測定が義務付けられている。指先に針を打ち込んで血液を採取し、その場で血糖値が測られる。間質性肺炎での入院中は、血糖値が二〇〇mg／dℓを越えると機械的にインシュリン注射を打たれたが、腎臓病では二五〇mg／dℓのようであった。

郵便はがき

料金受取人払郵便

名古屋中局
承　　認

9014

差出有効期間
2026年9月29日
まで

460-8790

101

名古屋市中区大須
1-16-29

風媒社行

注文書◉このはがきを小社刊行書のご注文にご利用ください。

書名	部数

郵便振替同封でお送りします（1500円以上送料無料）

風媒社 愛読者カード

書　名

本書に対するご感想、今後の出版物についての企画、そのほか

お名前　　　　　　　　　　　　　　　　　　　　（　　　歳）

ご住所（〒　　　　　　　　）

お求めの書店名

本書を何でお知りになりましたか

①書店で見て　②知人にすすめられて

③書評を見て（紙・誌名　　　　　　　　　　　　）

④広告を見て（紙・誌名　　　　　　　　　　　　）

⑤そのほか（　　　　　　　　　　　　　　　　　）

＊図書目録の送付希望　□する　□しない

＊このカードを送ったことが　□ある　□ない

前立腺肥大症の疑い

日曜日の病棟は静かだ。病棟のスタッフも数人で、患者も一時帰宅を許されたのだろう。寂しさのあまり、週末に一時帰宅を申請したが、主治医からの許可は得られなかった。個人での薬の管理ができないと判断されたようだ。

入院してから間もなく便の出が悪くなり、浣腸を依頼した。その時点では自分で行う簡単な操作と思っていたが、そうではなかった。

突然の看護師による浣腸剤の直接流入である。「しまった！」と後悔したが、後の祭りで年甲斐もなく恥ずかしかった。

排尿にも違和感を覚えるようになった。頻尿だけでなく尿漏れも激しい。頻尿は入院前からあり、寝ていても二時間に一度は尿意を催す。夜間眠れないのはそのせいかも知れない。

一般に、加齢と共に男性は前立腺が肥大して尿の出が悪くなるようだ。これは内線が肥大すると尿道を圧迫し、そのまま放置すると前立腺癌にかかる割合が高くなるからのようである。

泌尿器科では、尿道からカメラを膀胱まで差し入れ、膀胱内部を見せてくれた。画像からは、加齢による前立腺肥大の症状が少なからずあるものの、尿道圧迫までには至っていないとの診断であった。

泌尿器科の医師によれば、膀胱が昼間は大きく夜は縮小するようで、高齢者はその伸縮機能が弱まって夜間に頻尿になるようである。夜間の頻尿対策としては、一日の後半は水分を控えることが望ましいようだ。

入院中のCT検査の結果では、前立腺肥大症と告げられ、ナフトビジル五〇mg「あすか」を夕食後に飲むことになった。やはり、早めの手術を決断する必要があると判断しているようだった。

それは、残りの入院期間を問われたからである。尿道的前立腺切除術（TUR-P）の手術は二週間ほどの入院が必要である。しかし、いまだに手術はしていない。

三日に一度の血液検査

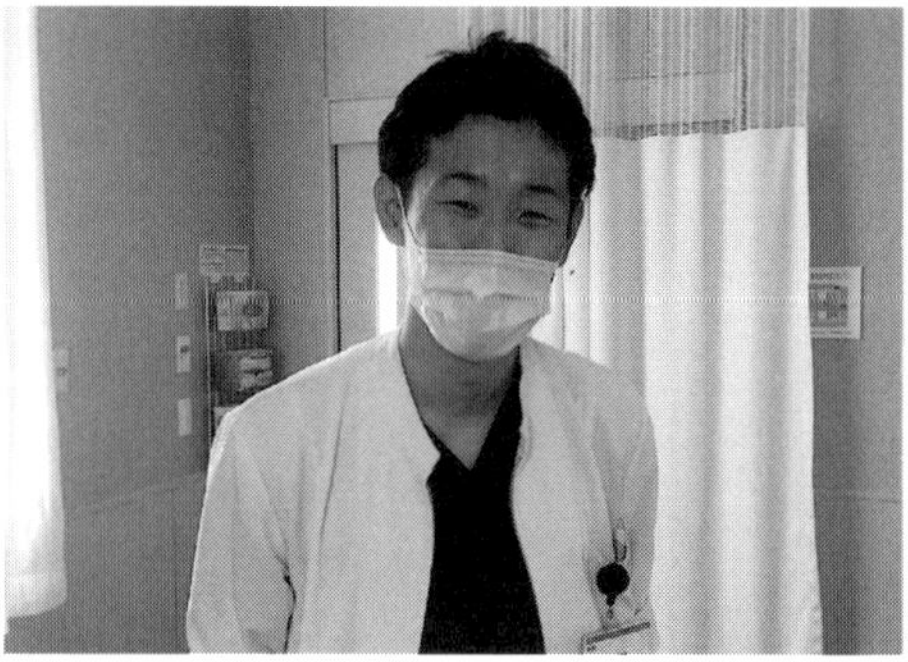

担当医の橋元医師。入院中は毎日朝と午後の２回は病室に顔を出し、病状の説明や今後の見通しについて説明してくれた。

血液検査の日は、朝から期待と不安が入り混じって落ち着かない。クレアチニン値が気にかかるからだ。朝の食事前に血液を採取するのだが、一度に数本の血液を採取する。注射の針を刺す場所はいつも同じにしてもらう。左手の内側だ。

これは間質性肺炎で入院してからも同じ場所でやってきた。今回の入院当時の点滴では、右手の外側だったのだが、一カ月を経過しても内出血が収まらず、注射の後が残っている。

看護師の技術が問われるが、こちらに選択権はない。外来での血液の採取は、五人位が担当しているのだが、看護師によっては出血がなかなか止まらないこともある。

しかし、加齢と共に血管が細くなるため、左手の血管を維持するよう指示された。これからは右手で血液採取をしなければならないようだ。最終的には透析に至るからであろう。

「腎臓病は治らない病気なのか」

思い荷物を背負わされた気分だった。

検査結果は、午前中に担当医師から詳しい説明がある。若い担当医師は、週末が休診日であるのにも拘らず土曜日の朝にも来てくれた。担当患者の容体を案じてくれているのだ。医師としての自覚に感動した。

血液検査は、三日に一度、朝食前に行われる。入院を決定づけた外来日のクレアチニンの数値は三・三三mg／dℓであったが、入院直後は三・五三mg／dℓにまで高くなっていた。

しかし、ステロイド治療が始まってからは三・三一mg／dℓに数値が落ちたのである。クレアチニン値に頂点が見えた気がしてその後の経過に期待した。

その後、クレアチニン値は三・〇二mg／dℓから三・〇〇mg／dℓになり、入院してから三週間目には二・五〇mg／dℓにまで下がったのである。

入院中はテレビよりラジオ

テレビカードが必要ない病室であったが、入院中はほとんどテレビを見ていない。これは、個室であることもあり、ラジオは聴きながら読書や動き回ることが可能だからである。

ラジオは天気情報、道路状況、災害情報の全てが短時間で何度も繰り返し放送される。ニュースもテレビの数倍は繰り返し伝えられる。緊急災害時には携帯ラジオが有用である。

テレビ番組の内容の多くは、ニュース以外、「旅」に「グルメ」と「ドラマ」である。ドラマのほとんどは殺人に関する刑事番組で、番組終了後は感動よりも殺伐とした気持ちになるだけだった。

最近の突発的な精神異常による殺人事件が多発しているのは、このような刑事ドラマや加害者を擁護する報道番組が影響していないとは言い切れない。

最近多くなったお笑い番組はバラエティーがほとんどで、特定の芸能事務所に所属する芸人同士のお笑いや、クイズ番組が主体である。

タレントとは「才能」を意味するものであるが、タレント同士で騒いでいるだけで、タレントとしての能力を垣間見ることはあまり無い。

病室に持ち込んだ携帯ラジオ放送に耳を傾け、FM放送から流れるクラッシックコンサートを聴いていると、病室にいることを忘れさせてくれる。

ラジオ番組の多彩な放送は想像力を掻き立て、想像は応用力に適応できる力を養うことにもなるのだ。認知症患者の増加は、テレビの普及と無関係ではないだろう。

「白い巨塔」の彷彿

女優山口智子と高山で。岐阜県高山市での中継があり、そのゲストが山口智子だった。

朝、ラジオ放送を聞いていると馴染みのある声が聴こえてきた。かつて、NHK名古屋放送局制作の「ウィークエンド中部」でメインキャスターを担当していたアナウンサーの声である。懐かしかった。

当時は、土曜日朝の「ウィークエンド中部」の生放送番組で「暮らしの気候学」を担当し、年間約五〇回を五年間、出演し続けていたのである。

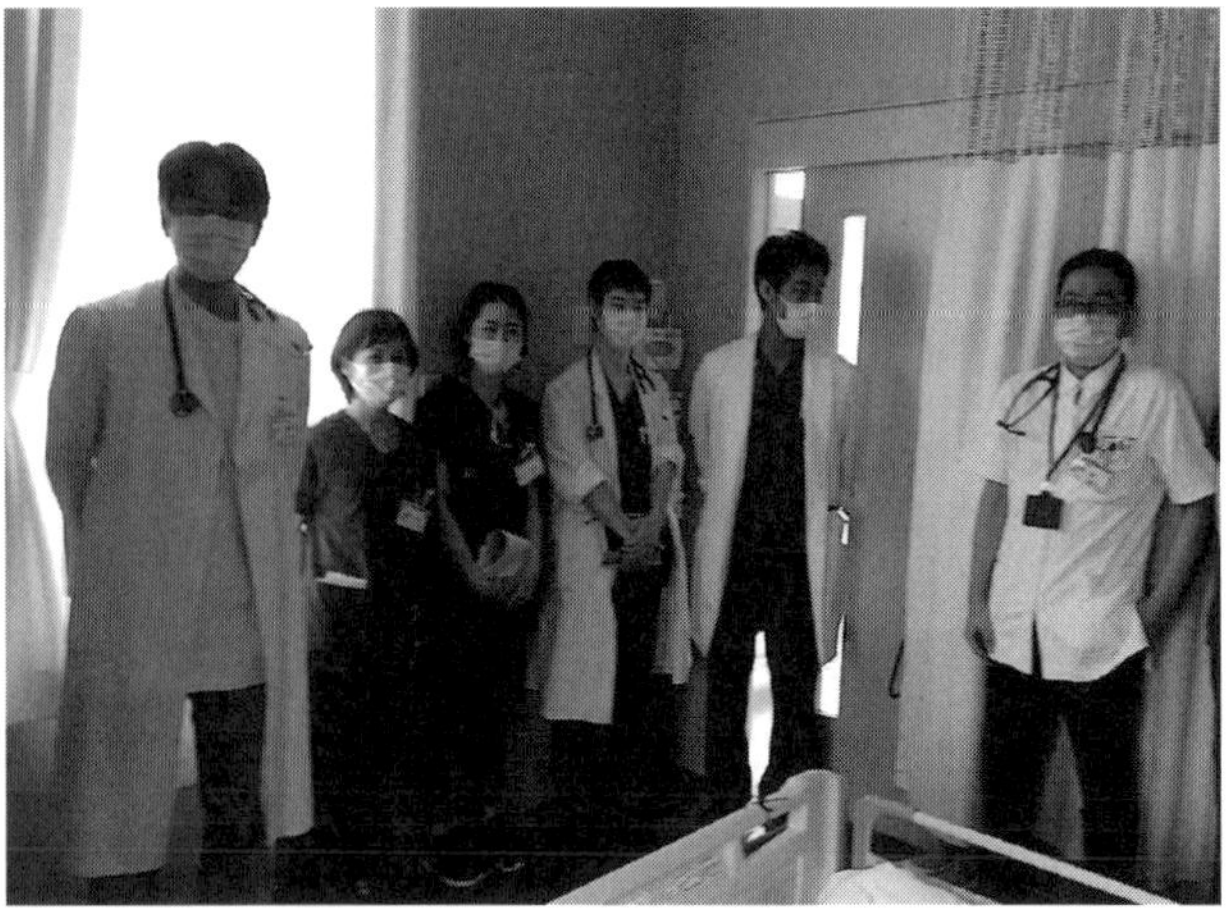

主任部長の回診。「白い巨塔」のドラマと同じ光景に驚いた。左端が稲葉慎一郎腎臓内科主任部長。右端は主治医である。

年に二回ほど生放送の中継があって、偶然にも岐阜県高山市の中継では、NHK朝の「連続テレビ小説」のヒロインとして出演していた山口智子がゲストとして招かれていた。

山口智子は、当時まだ二〇歳の若さであったが、その言葉遣いや態度から気遣いができる人間性を兼ね備えた女優であることに驚いた。担当ディレクターの話では、その頃から朝ドラで共演していた唐沢寿明と連絡を取り合っていたようだ。

病院では、毎週月曜日の午前中に支

部長回診がある。数人の医師を引き連れて各患者を回って歩くのだ。主治医も部長だが、集団に参加して支部長の診察内容を聴いている。

この光景は、以前テレビドラマで見たことがある「白い巨塔」の教授回診のシーンだ。「白い巨塔」は何回かドラマ化されていて、最初の主演は田宮二郎であったが、この時は唐沢寿明であった。山口智子の御主人だ。

回診にくるこの病院の主任部長は、「白い巨塔」の主人公のように背が高く、俳優のような容姿で、ドラマとダブって見えるから不思議だ。

妻より先に……と思う

入院して四週間目の月曜日、朝の七時に採血があり、九時半には結果が出た。前回は三・〇〇mg／dℓから一気に二・五〇mg／dℓまで下がった経緯もあり、今回も期待した。

しかし、クレアチニン値が前回と同じ二・五〇mg／dℓで、あまり回復基調にはないことを主治医から告げられた。

若い女性医師がクレアチニンの数値だけではないと励ましてくれたのだが、本人はもとより医療スタッフも今日の検査結果に落胆は隠せない。そんな簡単に回復するわけはないのだが、

「元の数値には戻らないのだろうか？」

前日、主治医は明日からステロイドを三〇mgに減らすといっていたが、数値が下げ止まりになったため、ステロイドは四〇mgのままだった。

それにしても日にちが経つのが早かった。入院してから四週間目に入ったのだ。まだ一週間位しか経っていない気がする。入院生活とはいえ、毎日が充実している。

広くて静かな病室、食事は美味しいとは言えないが三食昼寝付きだ。四人の若くて美しい看護師が代わる代わる病室に顔を出す。部屋の掃除、塵の収集はもとより食事も病室に運んで来てくれるからだ。

自宅から電車で片道一時間半はかかるのだが、妻は毎日付き添いで通ってくる。夕方四時半になると下着や寝間着、バスタオルを持ち帰っていく。

「洗濯物はいつ乾かすのだろうか」

もし妻が入院したとしても、毎日病室に通うことなどできるはずはないと確信できる自分が情けなかった。

皮肉にも退院してから一年後、妻に対する誠意が試される時がきた。大型連休前に妻が玄関先の階段から転げ落ち、大腿骨頭部を骨折して緊急搬送されたのである。

妻は出産以来入院したことが無かったため、このような事態は初めてだったが、それから退院までの三カ月間の生活は悲惨だった。

これまで洗濯機を回したことがない。洗剤の量がわからない。電子レンジは当然のことながら、オーブントースターの使い方もわからない。いわゆるこれまで家庭的な仕事は一切したことがなかったのだ。

一番困惑したのはゴミの回収である。種類によって出す場所や曜日、時間が異なるのである。生ゴミの曜日を特定したものの、寝坊をして回収に間に合わないこともしばしばだった。幸い、近所の奥様方が心配して教えてくれた。

「遠い親戚より近くの他人」

の諺があるように、近所付き合いの大切さを思い知らされた。

妻が入院している病院は自宅から近かったため、毎日の付き添いはできたのだが、何よりも夕方に誰もいない家に帰るのが辛かった。

「妻が亡くなればこれが現実となるのだ」

入院中、毎日付き添ってくれた妻。

この歳になると、妻に先立たれた友も多い。故郷の幼なじみも既に亡くなっている。同年代が次々と他界する中で、自分も遅れてはいけないと思うことがある。

「妻よりは先に死のう」

先に死んだ方が勝ちなのだ。

「取り残されると孤独死も免れない」

妻の入院中、裏庭の剪定をしていて「マムシ」に噛まれた。強烈な痛みは走ったが、素早い動きでマムシとは思わなかった。噛まれた右手が紫色に変色し、心臓の動機が激しくなってきた。

病院で診察を受けた時には血清時間（六時間以内）を過ぎており、本来であれば命に係わることなのだが、三日を経ても生きていた。

医師は腕に刺さっていた二本の歯を抜き、皮膚の中の毒を吸い出してくれた。生き延びることができたのは、体内にステロイドが入っているからだった。

これまでは、ステロイドを減らす努力をしてきたものの、そのステロイドに命を救われるとは皮肉である。ステロイドを服用していなければ妻より先に……と思うと、複雑な心境である。

長生きしてくれた母

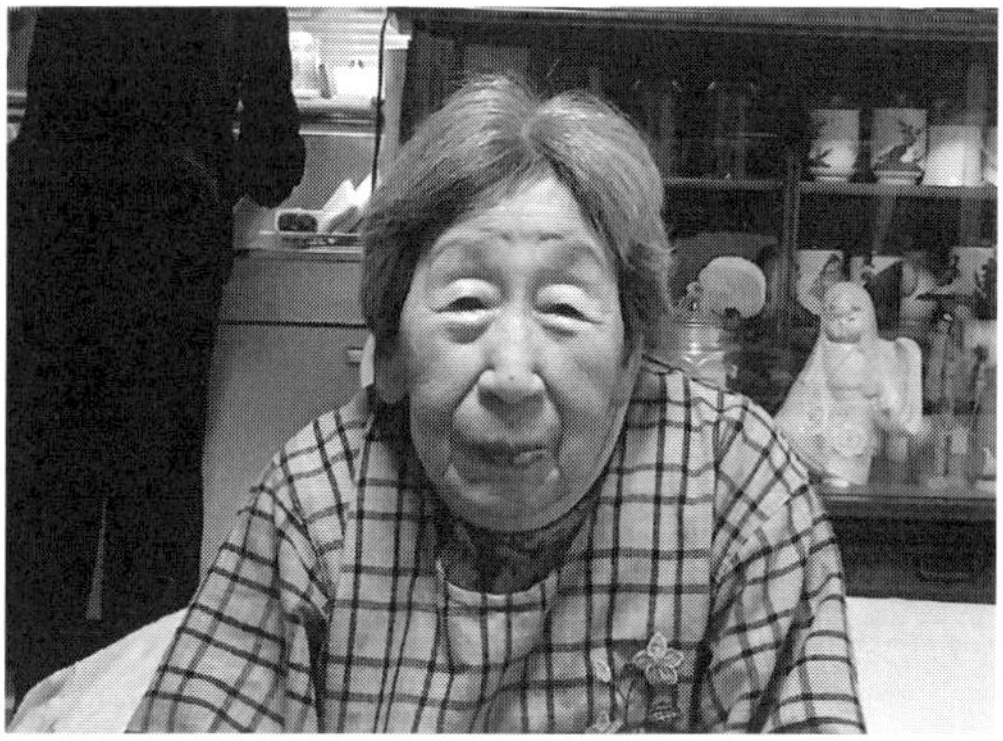

北海道の旭川市で98歳まで長生きしてくれた母。

入院当時、故郷、北海道では高齢の母が一人暮らしをしていた。九八歳になるのだが一人で暮らしていたのである。まだ自分で身の回りの生活ができるのだが、近くに住む姉妹の介護は欠かせない。

朝早くからの医師の往診、デイケアの迎えがある。昼間は介護が要らないが、午後三時には姉と妹が毎日デイケアからの帰りを実家で待っている。

姉妹も既に古希を超える高齢者であるが、父親が亡くなってから二〇年以上も実家に通い続けているのである。ある朝、

「窓のカーテンが開かない」

近所から妹に連絡があり、駆け付けてみると母は「孤独死」ではなく、単なる寝坊をしていただけだった。

そんなことがあってから、朝の七時半になると旭川に住む母に「モーニングコール」をすることを姉妹から依頼されたのである。

腎臓病で入院中ではあったが、毎朝母に電話をかけていた。母は息子の入院を心配しながらも、電話を楽しみにして待っているようだった。

その母も退院してから一年後、突然、旅立った。「誤嚥性《ごえんせい》間質性肺炎」である。入れ歯を無くして食事をした後に意識を失ったようだ。誤嚥性間質性肺炎は、長く生きて二カ月と専門書に書かれている。

生前、母とは延命処置をしないことを約束していたものの、姉妹は遠く離れ

た息子が死に目に会えるよう、延命処置として人工呼吸器を挿入してもらったのだ。

急遽駆け付けると、母は、意識不明とはいえ枕もとで話しかけると足先を動かし、涙を流してくれた。息子の声に反応してくれたのだ。

「確実に意識はあった」

倒れてから一カ月、その母も亡くなり、今では北海道に電話をかける必要がないのだが、毎朝決まって七時半になると目が覚める。習慣とは恐ろしいものだ。その時は必ず母を思い出す。

父が亡くなってから一人暮らしは寂しかったに違いない。一緒に暮らしてあげられなかった自分が情けない。「吾亦紅」の心境だ。

「長い間、子供でいさせてくれてありがとう」

心から母に感謝である。

最近になって不整脈が指摘された。その周期が「脳卒中」や「心筋梗塞」になる確率が高いとのことで、カテーテルの緊急手術を受けることになった。

アンカ関連血管炎の中でも顕微鏡的多発血管炎は、関連症状として不整脈が挙げられている。したがって、間質性肺炎と腎臓病、さらに不整脈が無関係ではなかったのである。

カテーテルの手術後は、身体に脈拍を測定する多くの吸盤とパルスオキシメーター、血圧、点滴のパイプが装着され、半日間身体を拘束された。身動きが制約されて寝返りも打てず腰も痛かった。

自分の入院はわずか三日だけだったが、母は人工呼吸器を装着され、寝返りも打てない状態で一カ月以上も寝かされ続けていたのである。母にとっての延命処置は、ただ苦しかっただけかも知れない。

延命処置が妥当であったかどうかの判断はできないが、自分が体験して初めて母の苦しみを知ったのである。

入院で　母の苦しみ今に知る
その愚かさに　我を疑う

運動不足の毎日

入院中の毎日は、起床時間が六時なのだが、朝五時には起きて日常の生活に合わせて髭を剃り、歯磨きをする。それが面倒と思えるようになると退院後の社会復帰は望めないと思えたからだ。

六時になると寝たきりの患者や動きが自由でない患者以外、病棟の廊下で血圧と体温、体重を測定し、その測定結果を小紙片に記入することを義務付けられていた。

高齢者は元気に歩いて入院しても、わずか二週間で寝たきりになることを看護師から聞かされた。その対策として母に電話をかけた後、朝食前は廊下に置いてあるウォーキングマシンで五分間の歩行強化に取り組んだ。

運動による発汗作用は、体温の調節のみならず、汗が体内の不純物を放出する役目を果たすため、血液浄化には重要である。

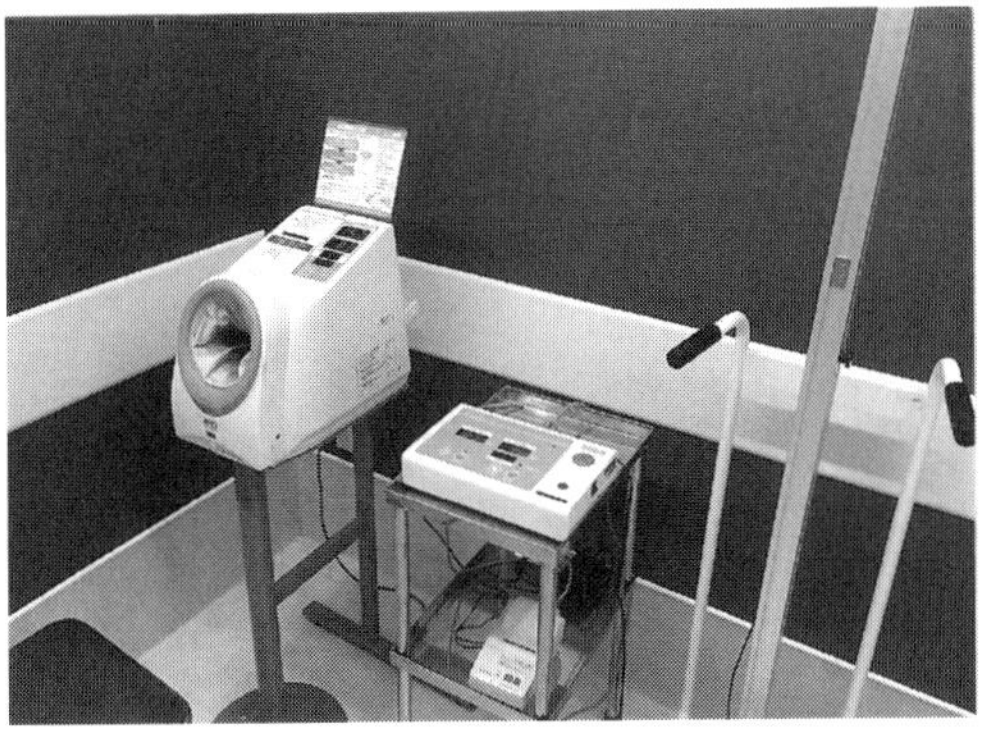

看護師詰所の横にある廊下の測定器。一日朝、昼、夜の３回、血圧、体温、および体重測定が義務付けられている。

ウォーキングマシンは電動ではないため、歩き始めてから四分くらい経過すると汗をかき、残りの一分は結構辛い。五分間で約五〇〇歩のペースであるから、かなりゆっくり歩いている感じである。

慣れてからは、五分間では汗をかく前に終わるため、一〇分間に延長した。一日三回で三〇〇〇歩だ。しかし、我が国の大人の一日平均歩数は六〇〇〇歩を上回り、これでも半分に満たない歩行量だ。

現代病は、運動不足と過食である。国民の約一割が糖尿病かその疑いがあるとの統計が出されている。これは、生活が豊かになり、交通アクセスが発達して一日の歩行距離が減っている証拠であろう。

昔の人は現在のような交通アクセスがないため、現代人に比べて多く歩いていたに違いない。一日でどれくらい歩いていたのだろうか。

東京と大阪間の直線距離は四〇一kmである。東海道五十三次の宿場の数で計算すると、宿場間の平均距離は約七・六kmになる。

しかし、実際の距離は四九二kmで、直線距離に比較して九一km長い。

「箱根八里は馬でも越すが越すに越されぬ大井川」

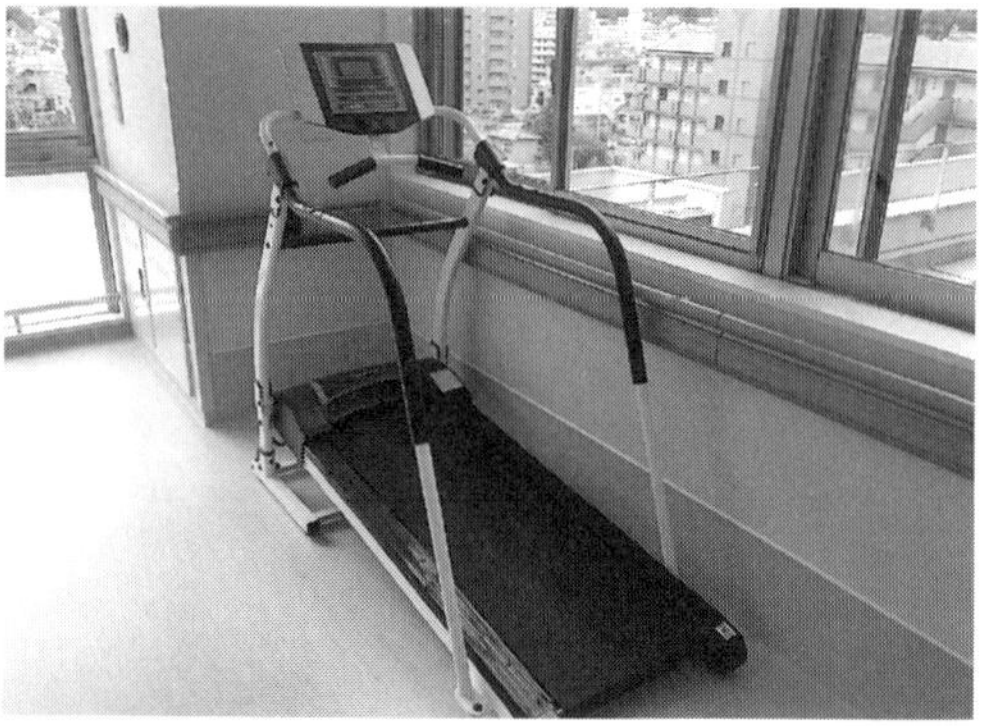
病室前の廊下に置かれているウォーキングマシン。1日3回、入院当初は五分、途中から10分に切り替えた。

東海道の松並木。知立の宿の近くにあり、現在は国道１号線の側道であるが、かつての東海道五十三次の面影を残している。

と唄われたように、起伏や川の増水による川止めなどによる遅れを考えると、大人の平均歩行速度（時速約四km）を維持し続けるのは難しい。

当時は江戸と大阪を一四～一五日間（約二週間）で歩いていたようである。旅の途中に峠の茶屋での休憩を考え、一日七時間歩いたとして約三五kmである。それでも一日八時間以上も歩き続けていたことになる。

病棟の廊下にあるウォーキングマシンでは、そんなことを顧みながら社会復帰に向けて運動不足を補っていたのである。

糖尿病の恐怖

同じ病棟の患者は車椅子の高齢者が多い。ほんどが糖尿病患者のようだが、重症患者は足首が腫れあがり壊死しているようだ。改めて糖尿病の怖さを間近でみてショックを受けた。

さらに、ここに入院している糖尿病の患者の多くが女性であることに驚いた。肥満は、五〇代までは男性が多いようであるが、六〇代からその割合が拮抗し、七〇代では女性の占める割合が増してくるようだ。

昼食時のレストランはどこも女性客で溢れている。特にランチタイムのバイキング料理店では、開店の一時間以上も前から列をなして待っているのを見掛けることが多い。

今日こそは　元を取るぞとバイキング
その先にある　糖尿病

二〇一六年の国民健康・栄養調査では、糖尿病患者、およびその予備軍を加えると全国で一、〇〇〇万人以上に達するという。

戦中・戦後の食糧難の時代は、栄養失調でやせこけた人はいても肥満な人はいなかった。これも戦後の経済成長の証なのだろう。糖尿病が豊かな生活を手に入れた「負」の遺産であることは間違いない。

糖尿病と肥満とは無関係ではない。糖尿病が疑われ、現在治療を受けている患者の肥満の割合は七六・六％である。厚生労働省もメタボ対策に乗り出した。

糖尿病の目安はＨｂＡ１ｃ（ヘモグロビン・エイワンシー）の値が六・五以上で、

糖尿病を疑われる人は国民の一二・六％に達するという。

その原因は肥満で、肥満度はＢＭＩ（体格指数）で二五以上が肥満の目安となる。五〇代の男性の場合、三人に一人は肥満だという。

同じ病棟の大柄な若者は、血糖値が一〇〇〇mg／dℓを上回るという。学生時代にはバレーの選手で体重は一〇〇kgに近い。彼は家族全員が糖尿病で、基本的に糖尿病になりやすい家系なのだろう。

「他人事ではない」

病院食は美味しくないが、肥満対策であると認識して我慢することにした。

一日四回の血糖値測定

毎朝六時半には、糖尿病の対策として看護師が血糖値を測りにくる。入院当時は朝から一五〇mg／dℓ以上だったのだが、数日前から一〇〇mg／dℓ以下と安定してきた。

血糖値を下げる薬剤が含まれたのか、八〇mg／dℓ前後になることも多い。低血糖値は七〇mg／dℓ以下であるから、ブドウ糖を飲まなくて済むのだが、朝方に両手の指が攣《つ》るようになった。

この症状は夜にも起こることもあって、血糖値を測ってもらうのだが、低血糖ではない。むしろ高過ぎるくらいである。したがって、原因は他にあるのだろう。

血糖値は昼食前が一八〇mg／dℓ、夕食前には二五〇mg／dℓ前後まで上昇し、就寝前には三五〇mg／dℓにまで跳ね上がることが多かった。これは、体内にステロイドが蓄積してきた証拠である。

しかし、翌朝には血糖値が七〇mg／dℓ以下にまで下がり、ベッドから起き上がれないこともあった。「めまい」がするのだ。

ベッドから立ち上がり、ソファーにたどり着いて座ったのだが、冷や汗と手先が痺れてかすかに震えている。意識が朦朧となり、眠気が襲う。眼を開けていられない。徐々に意識が薄れてきた。

高齢者は、高血糖よりも低血糖で亡くなる確率が高いということを知ってはいたが、

「このまま眠ると死ぬのか」

そんな気分になった時、偶然にも看護師が病室に顔を出して異変に気付き

「どうかしましたか？」

言葉が返せない。

血糖値を測定すると五六mg／dℓだった。これまでで一番低かった。すぐにブドウ糖を飲み、一五分後には九〇mg／dℓに回復したが、危険な状況だった。低血糖症状の怖さを改めて認識したのである。

朝七時半になると担当医が病室に来て体調を確認し、口の中を調べている。口内にカビが生えるという。これはステロイドの副作用によって唾液が減り、口内菌が増殖していないかの確認をしているようだ。

食後には薬剤を看護師が届けてくれる。薬は病院管理で、外来患者になるまで自己管理は許されない。まさに、患者は病院の完全管理体制の中にある。

口内のカビ対策として、食事後の歯磨きと殺菌作用の「うがい」は励行したため、入院中は口内に異常が見られることはなかった。

カビは雑菌で、ステロイドの治療中であれば体内に取り込まれると大変なこ

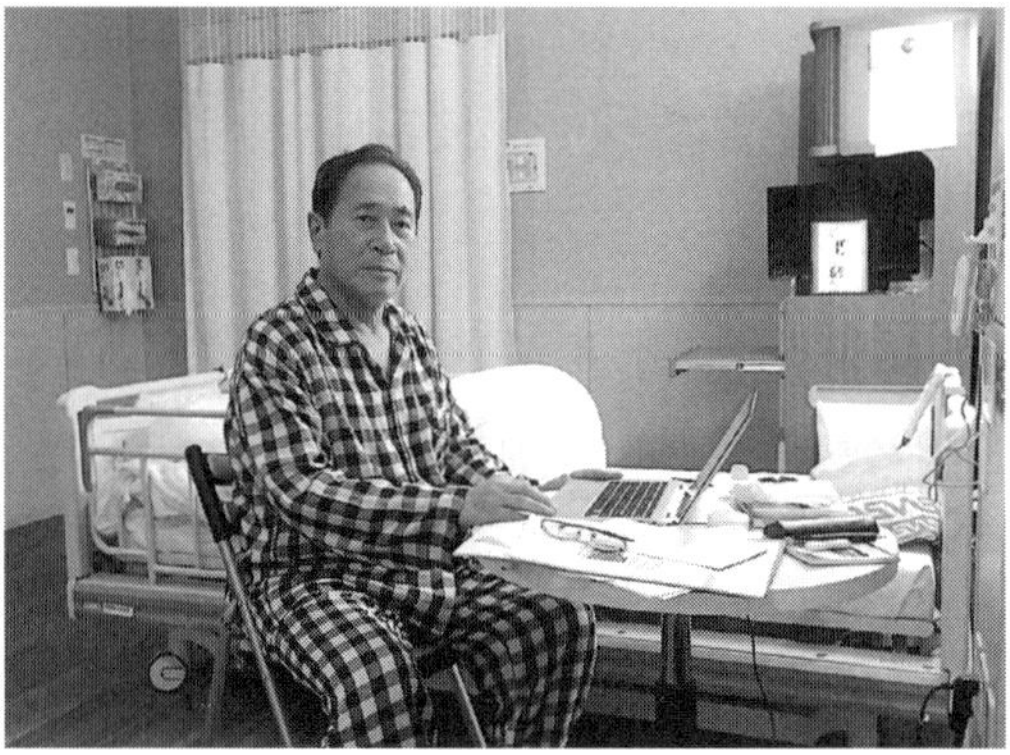

病室で執筆。早朝の眠れない時間は執筆活動を続けていた。

とになるという。抵抗力が落ちているためだ。したがって、医師を始め、看護師までもが頻繁に口内を確認していた。

八時になると朝食が運ばれてくる。本当にささやかな食事である。これが三食続くのだ。トレーには名前と「腎臓食カロリー制限」と記されたメモ用紙が置かれている。

以前、家族から密室に一六年間も閉じ込められ、一日一度の残飯を食べさせられていた女性が亡くなったニュースを思い出した。容疑者の実の娘に対してである。

「親ともあろうものが何故このようなことができるのか」

最近はそんな痛ましい事件が多い。まさに動物以下である。それに比べれば贅沢は言っていられない。三度の食事を与えられるだけでも幸せだと思うことにした。

飢えたとて　三度の食事と昼寝付き
病院暮らしも　良かれと思う

九時からは病室で主治医からの病状経過と薬剤の変更、これまでの検査結果の時系列に基づく今後の予定についての説明があった。

ホッとするのは朝の食事が終わった後である。部屋の掃除が始まるとデイルームに避難するのだが、それが終わると主治医以外の担当医師が二人は顔を出す。医師との会話は　身内に医者が多かったためか違和感はなかった。

幼少の頃は身体が弱く、いつも叔父や義叔父が駆けつけてくれた。このような恵まれた環境であったからこそ、生き延びることができたのかも知れない。

医者は命の恩人である。

　午前中のわずかな時間は、ＦＭ放送のクラッシックコンサートを聴きながら、専門書の執筆活動をしていた。

　しかし、十一時過ぎになると二回目の血糖値の測定がある。朝に服用したプレドニンの影響からか、昼食前は血糖値が高くなる。

　それからは昼食前までに血圧、体温、体重測定に行き、帰りには二回目のウォーキングマシンで汗を流す。この頃には妻も病室にいて、妻が買ってきた昼食を見ながら病院食を食べるのである。

　食べ残しのチェック後、看護師は約一時間お昼休みがあるようで、それに合わせて仮眠した。しかし、一四時以降は看護師が塵の回収、排尿と排便の時間確認のために頻繁に出入りするため、落ち着くことはない。

　薬を多く服用するため、毎日の飲み水の供給は欠かせない。病棟に併設したコンビニまで妻と買い出しに行く。当然院内にも自販機はあるのだが、五〇〇

mlのペットボトルでは不足するため、一、〇〇〇mlのボトル二本を買いに行く。

夕方四時半になると、病院内にあるコーヒー店で休憩してから帰る妻を病棟の出口まで見送り、病室に戻ってウォーキングマシンだ。その後、三回目の血糖値の測定の前にシャワーを浴びる。

「シャワー付きの部屋を希望して本当に良かった」

毎日何回もシャワーを自由に浴びることができるのだ。

四回目の血糖値の測定前にシャワーを浴びようとして裸になった時、看護師が突然病室に顔を出した。こちらは慌てるのだが、看護師は驚く様子もない。病人を扱う看護師は、患者の裸をみるのも仕事なのだ。

「パンツを履いていて良かった」

多分、履いていなくても驚くことはないだろう。

シャワーのない入院患者は、シャワー室を予約して看護師立会いのもとで浴びなければならない。一人十五分までと決められていて、時間厳守のようだ。

シャワーを浴びることができない患者には蒸しタオルが配布されていた。

ラジオから流れる気象情報

ようやくステロイドの量が一〇mg減り、三〇mgになった。嬉しくなって病室の窓を開けると涼しい風が吹き込んできた。屋外は移動性高気圧に覆われた典型的な風薫る五月なのだ。

病室内は空調完備で、二四時間の病室内温度の調節が可能なため、屋外の気温はわからないが、ラジオのニュースで頻繁に気象情報が流れてくる。

最近は気象予報士が大活躍である。気象予報士が国家資格となったのは、今から二〇数年ほど前である。しかし、今でも大きな災害や緊急情報は気象庁や管区気象台の予報課長が報道に対応している。

北欧フィンランドの気象予報士。日射病の危険率も予報される。

毎日の気象情報は、チャンネルが違っても大きな違いがみられない。これは、気象予報士が各地の地方気象台発表に基づいた予報を義務付けられているからだ。

以前は、気象予報士資格を持たない「お天気お姉さん」がタレント的な感覚でお天気情報を提供していたが、当時はまだ国家資格が無かったのである。

我が国の気象予報士資格は、学歴は問われない。中学生でも受験資格がある。海外のヨーロッパやアメリカの気象予報士は、専門的な知識と研究歴、学歴がなければ受験資格は得られない。完全な専門職なのだ。

それに対し、日本の気象予報士は開かれた国家資格試験なのである。現在は合格率も低く、難関の国家資格だが、アナウンサーやタレント志望者の受験希望者も多くなった。

最近は、気象情報も多彩になって、気象と健康との関係が注目されるようになってきた。世界で初めて気象と健康との関係を予報したのは、第二次世界大戦後に始めたドイツのハンブルグ気象台である。

「ヨーロッパアルプスの麓でフェーンが吹くとアウトバーンで事故が多発する」

これは我が国の高速道路で発生する風による横転事故ではない。フェーンによる急激な気温上昇によって精神不安定となり、発生した事故である。

我が国でも、猛暑日が続くと交通死亡事故が増え、熱中症による緊急搬送患者が多くなる。このため、医学、気象の専門家による健康気象講座も開催されるようになった。

名古屋と東京で開催された年、講座に気象学の立場から講師として参加したのだが、受講生はアナウンサー、気象予報士、会社経営者、医師、看護師、学生など多彩だった。

梅雨時の　天気予報の難しさ
予報士泣かせの　前線の雨

退院の目安

快適環境の入院生活ではあるが、退院後の仕事が気になり出してきた。勝手なものである。緊急入院時は、これが最後とも思え、退院後のことなど考えたこともなかったからだ。

入院五週目となり、ステロイドが三〇mgに減ったにもかかわらず、クレアチニンの数値が下がってきた。一時は二・五〇mg／dℓが下げ止まりかと思っていたが、今週になって二・四五mg／dℓになったのだ。

入院してから朝食後に一貫して飲んでいたのがプレドニン五mg四錠、ジフェニドール二五mg一錠、アルファカルシドールカプセル二五μg一錠、テネリア二

○mg一錠である。

しかし、その後はテネリアがなくなり、バクトラミン配合錠○・五mg、ケイキサレートドライシロップ二・五gが加わった。このシロップは、高カリウム血症改善剤である。

血糖値が横ばいになってからの検査結果では、クレアチニン値がこれまでより○・○五mg／dℓ下がり、他の数値もわずかではあるが改善されてきた。退院の目安はステロイドが二○mg以下になってからのようだ。

ステロイドは呼吸器、内臓、耳鼻咽喉にも有効な薬剤ではあるが、抵抗力を低下させ、空気中の有害な菌を全て受け入れてしまう体質になる欠点がある。したがって、病室を出るときは必ずマスクが必要だ。

マスクをしてのウォーキングマシンは、酸素吸入量が減り、息苦しさが増してくる。ボクシングの選手が高地やマスクをしてトレーニングをしているのは肺機能強化のためであろう。

五里霧中

早朝の五時、外は霧が出ていて山並みが見えない。病院の位置する瀬戸市は、盆地特有の朝霧が出るようだ。

「今日は晴れるに違いない」

そう確信できる朝だった。これは、前日に低気圧が通過した証拠で、翌日は移動性高気圧に覆われるからである。霧は前日に降った雨の水蒸気が放射冷却によって冷やされ、飽和状態に達して発生したものである。

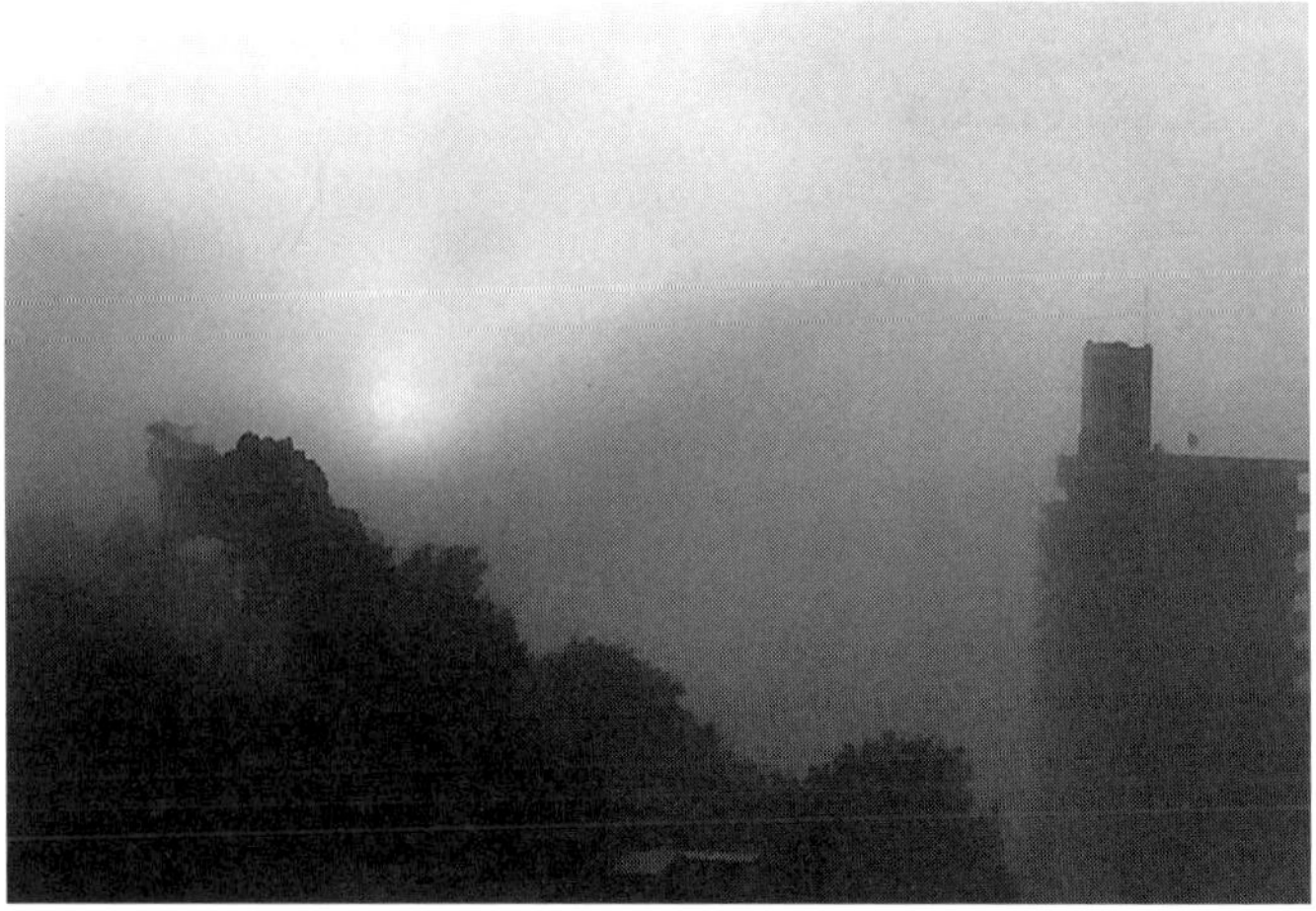

病室から望む瀬戸の盆地霧。盆地霧は放射冷却によって発生する霧で、晴れている証拠でもある。

新緑の　葉からこぼれる水滴は
宝石のよう　朝露の朝

もともと盆地的要素を持つ地域では、盆地底に冷気が流入して岐阜県の高山盆地や三重県の上野盆地のように朝霧に包まれることが多い。

朝の五時半、看護師が血液の採取にきた。今日はステロイドを三〇mgに減らしてから二回目の血液検査である。朝の九時には検査結果が伝えられる。

検査結果を伝えられる時は、いつも

試験の成績結果を聞くようで緊張するのだが、案の定、クレアチニンの値が二・四四mg／dℓと横ばい状態でほとんど下がってはいなかった。

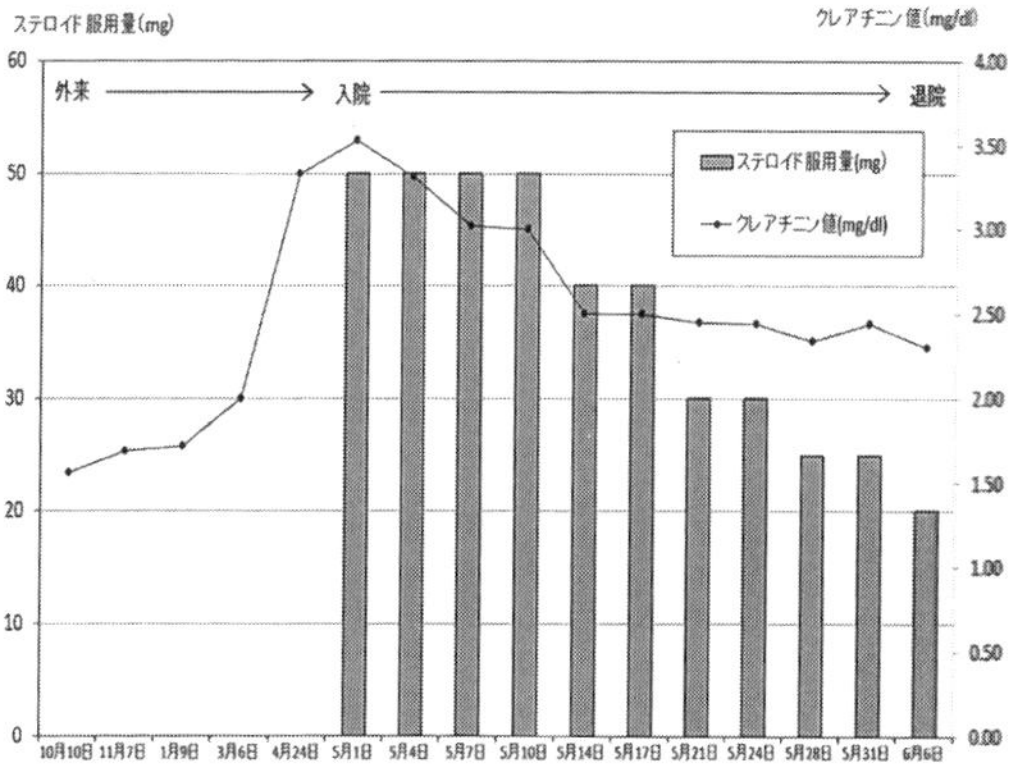

入院期間中のステロイド（プレドニン）の服用量とクレアチニン値（mg／dℓ）の変化

期待していたこともあり、あまり回復していないことに落ち込んだ。まさに「五里霧中」の心境である。

「今朝の霧はこれを予感していたのか？」

担当医師からは、この値が下げ止まりであると告げられたのである。これは、間質性肺炎を発症してから十数年、その間に服用してきたステロイドの副作用と無関係ではないようだ。

それでも週末にはステロイドの処方量を二五mgに減らすという。病室の窓から見える空が晴れてきた。風薫る五月の空を感じさせる。霧は必ず晴れる。それを信じて頑張ろうと心に誓った。

尿の泡立ち

前立腺肥大症による尿管圧迫で、ナフトピジル錠五〇㎎「あすか」を飲むようになってから、頻尿は解消されたとは言えないが、尿の出方は正常に戻りつつあった。

しかし、相変わらずの尿の泡立ちが酷い。再度水洗をしても泡が残っていつまでも消えない。まるで洗剤が含まれているようだ。

入院時の尿検査の結果は陽性であった。血尿に加え、尿蛋白が出ていて、腎臓病を裏付ける症状であったのだが、尿蛋白が治らないのは腎臓の症状が悪い証拠なのである。

腎臓は血液を濾過して体内の老廃物を排出する役目を果たしているのだが、腎臓の中にある糸球体は尿のフィルターで、栄養分のタンパク質を通さず、老廃物や余った水分を調節する機能を備えている。

したがって、糸球体のフィルターが機能せず、もはやザル状態になって多くのタンパク質が出やすい身体になっているのだろう。

尿の泡立ちは、体内の老廃物のみならず、栄養分まで放出している証拠でもあったのかも知れない。

新たな免疫抑制剤

薬剤はプレドニンに加え、外来受診から飲み続けている血圧の薬であるミカムロ配合錠ＡＰ、痛風や高尿酸血症を抑えるフェブリク、アルファカルシドール、高カリウム血症改善剤のケイキサレート、バクトラミン配合錠である。

新たに加わったバクトラミンは感染症になる菌を抑える薬で、薬剤効果よりも副作用が多く、中でも舌炎や口内炎がその典型である。

医師、看護師が何度も口内をチェックしているのはこのためだったのである。

プレドニンの副作用として骨粗しょう症が挙げられているが、アルファカルシドールはそのための薬剤である。

入院して五週目となり、血液検査のある月曜日の朝を迎えた。いつもであれば、血液検査日は尿検査も併用されていて、朝の尿を紙コップに入れて置いておけばよかったのだが、今回は昨晩から二十四時間の尿を容器に溜めておくことを指示された。前回の尿検査で陽性反応が出たからであろう。

この日の朝は血糖値が低血糖すれすれの七三mg／dℓだったため、食事までの運動とシャワーを禁じられた。

血液検査の結果、クレアチニン値が前回よりも少し改善されていた。いわゆる下げ止まりではなかったのだ。夜になって主治医が病室に顔を出し、新しい免疫抑制剤を追加することを告げられた。

ステロイドのプレドニンと間違えそうなプレディニン五〇である。これは持続性蛋白尿や副腎皮質ホルモン剤を援助するものである。

ステロイドは副作用が大きく、合併症や癌の発症率も高くなるため、時期を待ってプレディニンに切り替える予定のようであるが、検体実験が十分ではなく薬剤効果に不確定的要素を持っているため、二日に一度、朝だけ飲むことになった。

　プレディニン五〇の副作用についての説明はなかったが、この薬剤が外来患者となってからプレドニンの代替薬となることを願いたいものである。しかし、その効果は明らかになってはいない。

管理栄養士からのアドバイス

入院してから五週目の週末、ステロイドの服用が二〇mgに減り、朝だけになった。これが退院の条件だった。これは、一日一度になることで自己管理が可能になるからだ。

しかし、外来患者となってからも月二回の通院が義務付けられた。さらに副作用に伴う各科の受診も含め、月五回の通院である。

退院を控え、管理栄養士から日常の食生活への注意事項の説明があった。栄養士は都道府県知事が認定する資格であるが、管理栄養士は厚生労働大臣が認可する国家資格である。いわゆる栄養士のプロである。

当然、糖質制限と塩分控え目の話しが主体なのだが、管理栄養士からの説明は、入院してから今日までの病状を全て把握してのものだった。入院前の日常生活の質問の後、朝食から夕食までのメニュー含め、カリウムの削減に向けて生活病の改善を示唆された。

特にラーメンやうなぎ、ステーキ類は食べてはいけないと注意された。我が家ではめったに食べることができない食材なため、気になることはなかったが、北海道出身者にとってラーメンを食べることができないのが残念である。

カリウムの目安であるGSR（電気性皮膚反射）の正常値は六〇mho以上であるが、入院時にはわずか一四mhoで、ほぼ透析に近い数値だったようである。

これまで、クレアチニンの数値ばかりに気を取られていたが、GSR値のL（低）マークに気が付かなかったのである。

朝陽のあたる病室との別れ

退院は、皮肉にも東海地方が梅雨入りした日であり、朝から二時間おきに三回の血液検査があった。万全を期しての検査である。

クレアチニンの数値は下げ止まりだが、ステロイドは二〇mgのままである。また血尿の原因である血管炎も改善してきたようだ。

退院してからもステロイドの副作用が懸念される白内障と緑内障予防のための眼科、耳鼻科に加え、泌尿器科、腎臓内科、間質性肺炎の呼吸器内科には外来患者として通院しなければならない。

退院後もステロイドは服用を止めるわけにはいかない。徐々にその量を減らしていくようだ。退院してからもステロイドは飲み続けなければならないが、様々な副作用にも耐えていく強さも必要である。

いよいよ病室を出ることになった。荷物をまとめて久しぶりに手摺のない病院の外を歩いたのだが、まっすぐに歩けない。入院中はあれだけ努力してウォーキングマシンで下半身を鍛えたのだ。

それだけ高齢者は下半身の筋力が極端に落ちるのだ。病棟内は段差がなく、エレベーターが完備されているため、入院中は階段を使うことが無い。

「退院後は歩けるようになるのだろうか、階段は上れるか?」

そんな心配をしながらの退院であった。

突然の緊急入院時は精神的に落ち込んだが、主治医、担当医師、担当看護師を始め、日替わりで担当してくれた多くの五N病棟の看護師の心温まる看護・援助を得ての入院環境であったため、退院は少し心残りでもあった。

何よりも広くて快適な病室に入院できたことに満足している。東側の朝の陽射しが眩しい窓で目覚め、北側の豊かな緑が眺められる窓のある病室は、肉体的回復のみならず、精神的にも心豊かにしてくれた。これからは外来患者である。

「明日からこの病室は誰が使うのであろうか」

退室時、病室の前にあるウォーキングマシンが別れを惜しんでいるように思えた。入院中は毎日利用させてもらったが、これからも病棟の患者のために役立って欲しいと願うばかりである。

病室の　日々の暮らしを楽しさに
変える闘病　いまは懐かし

脚の浮腫《むく》みで靴が履けない

退院時は、足の浮腫みが酷くて靴が履けないばかりか、ステロイドの副作用による腹部の異常な膨らみでズボンのサイズも合わなくなっていた。入院中は裸足でパジャマを着ていたために分からなかったのだ。

ステロイドは筋肉の衰えだけでなく、大気中に浮遊する菌に対する抵抗力も落ちるため、外出時にマスクは欠かせない。さらに、外出の際には頻繁にマスクの交換をしなければならない。

混雑した喧騒の都会や、密閉された建物空間、車両内では注意が必要である。

退院時は電車による帰宅が制限された。特に、インフルエンザは肺機能の疾病患者にとって命に係わる意識が必要である。

退院後は身体の浮腫みを抑えるため、銭湯の炭酸泉で血流量の改善、ジェットバスで膝から下のマッサージを心がけた。それが功を奏したのか、足首の浮腫みは治まったのである。

六月に退院してから数週間はこのような状況が続いたが、翌七月の検査では、甘いものや塩分、油脂成分の高い食べ物は極力控えるようにしていたにも拘らず、クレアチニンが三・〇〇mg／dℓを上回った。

退院時（二・一一mg／dℓ）に比較して〇・九〇mg／dℓ近くも数値が高くなったのである。当然、再入院も覚悟したが、足の浮腫みが治まっていたこともあり、今後の様子をみることになった。

その後の通院による月一回の血液検査では、二・七九mg／dℓ、二・七二mg／dℓとクレアチニンが横ばい状態であったが、十二月の検査では二・〇七mg／dℓにまで突然下がったのである。

「まぐれの可能性も否定できない」

主治医にとっては意外な数値だったようで、プレドニンの服用量は九・〇mgのまま据え置かれた。

予想通り、その翌月からはクレアチニン値が二・五〇mg／dℓにまで上昇した。その後も横ばいで推移している。結局、この現実を受け止めざるを得ない結果となった。

現在服用している主な薬剤は、プレドニン錠七mg、血液中の尿酸抑制のためのフェブリク錠二〇mg、バクトラミン配合錠〇・五錠、これは呼吸器や尿路の感染症の治療薬である。

それに加え、高血圧を抑えるテルミサルタン錠四〇mg、カルシウムを補うアルファカルシドールカプセル〇・二五μg、免疫抑制剤のミゾリビン錠五〇mg、さらに、糖尿病の治療薬トラゼンタ五mg、循環器のアゾセミド錠三〇mg、消化器系のポラプレジンク錠七五mgを朝食後に服用する。

夕食後には食道炎を抑えるネキシウムカプセル二〇mg、血液中のコレステロールを減らすロスバスタチン錠二・五mgを毎日飲み続けている。

それにも拘らず、カテーテルの手術後には二・七三mg／dℓに上昇した。退院時のクレアチニン値が二・五〇mg／dℓ前後であったことを考えると、厳しい数値である。

トレーニングとの共生

当初、クレアチニンは筋肉から出されるゴミのようなもので、運動は控えるように言われてきたが、最近になって腎臓病に運動の効果があるとの報道がなされるようになった。

病院では毎日ウォーキングマシンで鍛えていたため、退院時には歩行に対する不安はまったく感じていなかった。しかし、病院を出てすぐにそんな自信は吹き飛んだ。

階段が上れない。手摺につかまっていなければ真っ直ぐ歩けないのである。

「二週間寝たきりだと歩けなくなる」

高齢者にとってそれは本当だったのだ。入院がこれ以上長引けば寝たきりになった可能性もあった。病状の回復と社会復帰とは別である。

気持ちが折れそうになっていたが、退院後、入院前まで通っていたトレーニングセンターに顔を出してみた。あれからもトレーニングを続けていたのだろう。トレーニングの仲間は、以前に比べてパワーアップしているのに驚いた。

市役所職員や会社経営者など、年齢や職業も異なるが、数人が空手の師範であり、ベンチプレスでは一〇〇kg近くを持ち上げる強者揃いの集団である。そんな仲間たちが高齢者を仲間として受け入れてくれているのである。

久し振りに顔を合わせると、顔や手足の浮腫み、腹部は異常に膨れ上がるなど、入院前の面影もない体形に戸惑っていたようだが、復帰を念じて退院祝いのみならず、研究会の出版記念会にも出席してくれたのである。

ステロイドは筋力を弱めるだけでなく、副作用として骨粗鬆症になりやすいため、重たい物を持ってはいけないようだ。大腿骨折した例もあるという。ま

トレーニングの仲間たち。出版記念会にも出席してくれた。

してや高齢者である。骨が脆くなっていることは否めない。

妻はトレーニングに行くこと自体に反対なのであるが、毎日飲む薬剤量を考えると、薬の副作用との戦いは死ぬまで続くことになる。薬に負けない体力づくりが大切だ。

体力が衰えた現状では、ベンチプレスやスクワットなどのハードなトレーニングはできないが、マシンによる軽い運動を心掛け、少しでも身体を鍛え直すつもりであった。

しかし、仲間たちが次々と重たいバー

ベルを持っているのをみていると、このまま薬を飲み続けて死ぬのであれば、

「バーベルを持って死ねたら本望！」

そう考えるようになった。

以前はベンチプレスで一〇〇kg、スクワットも一五〇kgを上げていた。退院してからはベンチプレスが七五kg、スクワットも一二〇kgが限界である。入院前に比べて三〇kgも力が落ちたのだ。

これからは年齢と共に益々体力が落ちていくだろう。間質性肺炎、腎臓病（アンカ関連血管炎）の特定疾患重病認定患者であり、ステロイドの副作用との闘いの日々の中で、日没間近の人生ではあることは間違いない。

復活どころか現状維持も叶わぬ夢で終わるかも知れないが、

「いつか朝陽が昇ることを信じて……」

これからも薬に負けない体力づくりに励んでいきたいと考えている。

薬剤に　負けてなるかとバーベルを
死ぬ気で上げる　後悔はなし

謝辞

出版にあたり、瀬戸公立陶生病院の長屋 啓腎臓内科部長には専門的立場からのご指摘・ご指導をいただいた。さらに、入院中、お世話をしていただいた腎臓内科5N病棟の医師・看護師の方々に深く感謝の意を表します。

[著者略歴]

大和田道雄（おおわだ　みちお）

一九四四年生まれ。北海道上川郡当麻町出身。

一般社団法人「気候環境研究会」会長。

愛知教育大学名誉教授　理学博士（筑波大学）。

著書に『名古屋の気候環境』（荘人社）、『NHK暮らしの気候学』（日本放送出版協会）、『伊勢湾岸の大気環境』（名古屋大学出版会）、『環境気候学』共著（東京大学出版会）、『都市環境の気候学』編著（古今書院）等の専門書、および、『白夜　余命二カ月・間質性肺炎との共生』、『アドリア海の風を追って　余命二カ月の追想録』、『温故知新の家族学　長寿の母を看取るまで』（以上風媒社）のエッセイがある。

装幀・澤口　環

「腎臓病」　朝陽のあたる病室で

2020年6月20日　第1刷発行　（定価はカバーに表示してあります）

著　者　　大和田 道雄

発行者　　山口　　章

発行所　名古屋市中区大須 1-16-29
振替 00880-5-5616 電話 052-218-7808　風媒社
http://www.fubaisha.com/

＊印刷・製本／モリモト印刷

乱丁本・落丁本はお取り替えいたします。

ISBN978-4-8331-5378-2